AF745823

www.ingramcontent.com/pod-product-compliance
Lightning Source LLC
LaVergne TN
LVHW050830051026
849532LV00008B/3201

* 9 7 8 9 3 6 9 0 8 8 1 2 6 *

شہزادی کا انصاف

(بچوں کا ناولٹ)

عادل رشید

© Adil Rasheed
Shahzadi ka Insaaf *(Kids Novelette)*
by: Adil Rasheed
Edition: September '2025
Publisher :
Taemeer Publications LLC (Michigan, USA / Hyderabad, India)

ISBN 978-93-6908-812-6

کتاب	:	**شہزادی کا انصاف** (بچوں کا ناولٹ)
مصنف	:	**عادل رشید**
صنف	:	ادب اطفال
ناشر	:	تعمیر پبلی کیشنز (حیدرآباد، انڈیا)
سالِ اشاعت	:	۲۰۲۵ء
صفحات	:	۳۴
سرورق ڈیزائن	:	تعمیر ویب ڈیزائن

بہت زمانے کی بات ہے مُلک چین میں ایک بادشاہ حکومت کرتا تھا۔ بادشاہ کی چار بیویاں تھیں اور اُن چار بیویوں کے کئی کئی بیٹے اور بیٹیاں تھیں۔ بادشاہ اپنی چھوٹی بیگم کو سب سے زیادہ چاہتا تھا۔ اور اس بادشاہ کی چھوٹی بیگم کے صرف ایک بیٹا تھا۔ بے حد لاڈلا اور بہت ضدّی اور شریر۔

اور چونکہ بادشاہ اپنی چوتھی اور سب سے چھوٹی بیگم کو زیادہ چاہتا تھا۔ لہٰذا اُسے اپنا یہ بیٹا بھی بے حد پیارا اور عزیز تھا۔ اور اسی بے جا لاڈ اور پیار کی وجہ سے یہ شہزادہ دن بدن بگڑتا جا رہا تھا۔

بادشاہ کے کل ملا جلا کر چھ بیٹے اور چار بیٹیاں تھیں ۔ اس کی بڑی بیگم کے تین بیٹے تھے اور دو بیٹیاں تھیں۔ اُس سے چھوٹی بیگم کے ایک بیٹا تھا اور ایک بیٹی تھی اور تیسری بیگم کے ایک بیٹا اور ایک بیٹی تھی اور سب سے چھوٹی اور چوتھی بیگم کے صرف ایک بیٹا تھا ۔

چھوٹے شہزادے کو جس کا نام ٹائجون تھا شکار کا بے حد شوق تھا۔ اور وہ اکثر و بیشتر شکار پر جایا کرتا تھا ۔ اور جب جب وہ شکار پر جاتا تھا تب تب اس کی ماں اس سے کہا کرتی تھی۔ دیکھو بیٹے تم جس چیز کا چاہنا شکار کرنا مگر مچھلی کا شکار کبھی نہ کرنا ۔ اور اپنی ماں کی یہ بات شہزادہ ہمیشہ یاد رکھتا تھا اور مچھلی کا شکار کبھی نہیں کرتا تھا ۔

اور ویسے بھی شہزادے ٹائجوں کو مچھلی کے شکار سے کوئی دل چسپی نہیں تھی وہ مچھلی کے شکار کو ہمیشہ ایک فضول سی حماقت کہا کرتا تھا ۔ وہ ہمیشہ کہا کرتا تھا کہ مچھلی کا شکار اندھا شکار ہے ۔ اور آنکھیں رکھتے ہوئے میں اندھا کیوں بنوں ۔

اور پھر مچھلی کا شکار! لعنت ہو اس پر ہاتھ پر ہاتھ دھرے بیٹھے رہو۔ نہ بھاگ نہ دوڑ نہ محنت نہ جدوجہد۔ اور نہ شکار کے پیچھے بھاگنے کا لُطف۔ لہٰذا وہ مچھلی کے شکار کا کبھی بھول کر بھی خیال نہ کرتا تھا۔

مگر جب وہ شکار پر جاتا اس کی ماں اُسے بطور خاص بلا کر کہتی۔

"دیکھو بیٹے جس چیز کا چاہنا شکار کرنا۔ مگر ———"

اور اس کا بیٹا اپنی ماں کی بات کاٹ کر جملہ پورا کر دیتا "مچھلی کا شکار کبھی نہ کرنا" وہ مسکرانے لگتا۔

"ہاں بیٹا" وہ کہتی "اس میں ایک مصلحت ہے"

مگر ایک دن جب کہ ٹائیجون شہزادہ شکار کے لئے دور دراز جنگلوں میں مارا مارا پھر رہا تھا۔ اُسے بے حد پیاس لگی۔ اور وہ پانی کی تلاش میں اِدھر اُدھر پھرنے لگا۔

ایک جگہ اس نے ایک خوبصورت چشمہ دیکھا۔ اور وہ بڑی بے تابی کے ساتھ اس چشمہ کی طرف لپکا۔ اور چشمہ کے کنارے پہنچ کر اس نے خوب پیٹ بھر کر

پانی پیا۔

اور جب وہ پانی پی چکا تو اس نے دیکھا کہ چشمہ کے صاف و شفاف پانی میں بے شمار مچھلیاں تیر رہی ہیں ۔ اور ایسی ایسی عجیب وغریب مچھلیاں جو اس سے پہلے اس نے کبھی نہیں دیکھی تھیں ۔

مچھلیوں کے جسم سے سنہری اور نیلی روشنیاں پھوٹ رہی تھیں۔ اوران مچھلیوں کے سر پر سنہرے تاج رکھے ہوئے تھے جس میں بڑے خوبصورت خوب صورت ہیرے جگمگا رہے تھے ۔ مختلف رنگ اور مختلف طرز کے ہیرے ۔ اور ایسے ہیرے ٹائیجون شہزادے نے شہزادہ ہونے کے باوجود کبھی نہیں دیکھے تھے ۔

مچھلیوں کی دُمیں لمبی تھیں اور ان لمبی دُموں کی خوب صورتی لفظوں میں بیان نہیں ہو سکتی تھی۔ مچھلیوں کی آنکھیں ستاروں کی مانند چمک رہی تھیں ، اور اس میں سے سیکڑوں رنگ کی روشنیاں ایک ساتھ پھوٹ رہی تھیں ۔

شہزادے ٹائیجون کا دل بے اختیار ان مچھلیوں کے لئے مچلا ۔ اور وہ

سوچنے لگا کہ کاش وہ ان مچھلیوں کو زندہ پکڑ لے۔ اور ان مچھلیوں سے وہ اپنے محل کے خوب صورت چشمہ کو سجا دے۔

اور یہ سوچ کر اس نے ان مچھلیوں میں سے چند کو پکڑنے کے لئے چشمہ میں ہاتھ ڈالا۔ اور اس کا ہاتھ کا ڈالنا تھا کہ کسی نے بڑے زوردار جھٹکے کے ساتھ اُسے چشمہ میں کھینچ لیا۔ اور وہ چشمہ کے اندر پہنچ کر غوطے کھانے لگا۔ حالانکہ شہزادہ ٹائیجوں تیرنا بڑی اچھّی طرح جانتا تھا۔ مگر اس وقت نہ جانے کیا ہوا کہ وہ تیرنا بالکل بھول گیا۔ اس نے اپنے بچاؤ کے لئے لاکھ ہاتھ پیر مارے مگر سب بے کار۔ وہ چشمہ کی گہرائی میں دُور تک نیچے اُترتا چلا گیا۔

اس کی آنکھیں بند ہوئی جا رہی تھیں۔ اور اس پر بے ہوشی کا عالم طاری ہو گیا تھا اور وہ بے حس و حرکت چشمہ کی گہرائی میں ڈوب رہا تھا۔

اور پھر وہ چشمہ کی گہرائی میں پہنچ گیا۔ اور جس وقت اس کا جسم زمین سے لگا تو وہ بالکل بے ہوش ہو چکا تھا۔

وہ نہ جانے کب تک بے ہوش رہتا۔ اگر اس کی آنکھ ایک

تیز خوشبو سے نہ کُھل جاتی۔ اور جب اس کی آنکھ کھلی تو اس نے اپنے آپ کو ایک صاف و شفاف دریا کے کنارے پر پڑا ہوا پایا۔ وہ اُٹھ بیٹھا اور اس نے گھبرا کر اِدھر اُدھر دیکھنا شروع کیا۔ اس کے کپڑے بالکل خشک تھے۔ اور اس کی کمان اور تیر صحیح سلامت تھے۔

وہ اپنے دماغ پر زور دے کر سوچنے لگا تو اسے یاد آیا کہ وہ تو شکار کو نکلا تھا۔ اور یہ کہ ایک خوب صورت چشمہ میں اس نے عجیب و غریب مچھلیاں دیکھی تھیں۔ اُسے ایک ایک کر کے تمام باتیں یاد آنے لگیں اور وہ اس سوچ میں پڑ گیا کہ وہ کہاں سے کہاں آگیا۔ اور کس طرح آگیا۔

وہ اُٹھا اور اس بات پر غور کرنے لگا کہ وہ یہاں آیا کس طرح۔ دریا کے کنارے دُور دُور تک اُسے کوئی دکھائی نہیں دے رہا تھا۔ وہ بڑے آہستہ آہستہ دریا کے کنارے کنارے چلنے لگا جیسے کہ ٹہل رہا ہو۔ یہ جگہ اُسے بڑی عجیب و غریب لگی اور اتنی نئی کہ اُسے یہاں سے اپنے محل تک پہنچنا مشکل نظر آنے لگا۔ وہ اسی سوچ میں دریا کے کنارے چلا جا رہا تھا کہ

کہ وہ اپنے محل کس طرح پہنچے گا کہ اُسے دور سے دھواں اُٹھتا ہوا دکھائی دیا۔ اور پھر دیکھتے ہی دیکھتے دھواں جو کہ زمین سے اُٹھ رہا تھا۔ اُوپر اُٹھ کر آسمان سے باتیں کرنے لگا۔ شہزادہ ٹائیجون نے خیال کیا کہ شاید وہ خواب دیکھ رہا ہے اور یہ سوچ کر اُس نے تیر کی نوک سے اپنا بایاں بازو زخمی کر لیا۔ اور جیسے ہی تیر کی نوک اس کے گوشت میں چُبھی وہ درد کے مارے تڑپ اُٹھا اور پھر اُسے یقین ہو گیا کہ یہ خواب نہیں ہے بلکہ عالمِ بیداری ہے۔ یعنی یہ کہ وہ جاگ رہا ہے۔ اور یہ جو کچھ بھی ہوا ہے یا ہو رہا ہے سب حقیقت ہے اور اب جو اُس نے سامنے نظر اُٹھائی تو اُسے دھوئیں کے بادل کے سوا اور کچھ نہ دکھائی دیا۔ دُھواں جو کہ اس کے قریب بڑھتا چلا آرہا تھا۔ بے حد سیاہ تھا۔ اور گاڑھا اتنا تھا کہ اس کے آر پار کچھ دکھائی نہیں دیتا تھا۔ شہزادہ ٹائیجون ایک دم گھبرا گیا۔ اور واپس پیچھے بھاگنے لگا۔ اُس نے سوچا کہ اگر وہ اس دھوئیں کے طوفان میں پھنسا تو یقیناً اس کا دم گھٹ جائے گا۔ اور اِسی خیال سے اُس نے پیچھے بھاگنا شروع کر دیا تھا۔ مگر ابھی وہ کچھ ہی

دُور واپس لوٹا ہو گا کہ بڑھتے ہوئے دھوئیں کے طوفان میں گھر گیا۔ اور اُس کا دم بُری طرح گھٹنے لگا۔

وہ بار بار ہاتھ پاؤں مار رہا تھا۔ رو رہا تھا اور شور مچا رہا تھا۔ مگر کسی ایک جتن سے بھی اس کی گلو خلاصی نہ ہوئی۔ اور کھلنستے کھانستے اس کا بُرا حال ہو گیا۔ اس کی آنکھیں جلنے لگیں اور سانس رُکنے لگا۔ دُھواں اس کے کان سے گھُس کر ناک سے نکل رہا تھا۔ اور ناک سے گھس کر مونہہ سے نکل رہا تھا اور مونہہ سے گھس کر ناک سے نکل رہا تھا اور آنکھ سے گھس کر دماغ میں سما رہا تھا اور اس کا دماغ تھا کہ پھٹا جا رہا تھا۔

وہ زور زور سے چلّانے لگا۔ اور اب اس کے پاؤں زمین پر نہیں پڑ رہے تھے بلکہ وہ دھوئیں کے اس بادل میں دُور زمین سے اوپر آسمان کی طرف اُڑتا چلا جا رہا تھا۔ مارے گرمی، جلن اور گھٹن کے اس کا بُرا حال تھا۔

اور پھر یکبارگی شہزادہ ٹائیجون چیخ چیخ کر اور شور مچا مچا کر خاموش ہو گیا،

اور اس کی سانس ڈوب گئی۔ اور پھر تھوڑی دیر کے لئے اُسے کچھ بھی ہوش نہ رہا کہ وہ کہاں ہے، کس حال میں ہے اور اس کے ساتھ یہ سب کچھ کیا ہو رہا ہے۔

وہ ایک بار پھر بے ہوش ہو چکا تھا۔ اور اس بار جو اسے ہوش آیا تو اُس نے اپنے آپ کو ایک ہرے بھرے باغ میں پایا۔ ایسا خوب صورت اور حسین باغ جو شہزادہ ہوتے ہوئے بھی اس نے کبھی خواب میں بھی نہیں دیکھا تھا۔

وہ اسی طرح ہکا بکا اور حیران و پریشان کھڑا تھا کہ یکبارگی اس کے کانوں میں حسین قہقہوں کی آوازیں گونجنے لگیں۔ اور وہ خود بخود اس آواز کی طرف چل پڑا۔ اور ابھی وہ دس بیس قدم آگے بڑھا ہوگا کہ اس نے اپنے سامنے بے حد خوب صورت لڑکیوں کے ایک غول کو دیکھا جو ایک فوارے پر نہا رہی تھیں۔ اور وہ سب شہزادے کو دیکھتے ہی حوض میں کود گئیں۔ اور جب شہزادہ کھوئے ہوئے انداز میں اس حوض تک پہنچا تو اُس نے

دیکھا کہ حوض میں کچھ نہیں ہے ۔ صرف بڑے بڑے سفید پھول اُس حوض کے پانی پر تیر رہے تھے ۔ اور اِن بڑے بڑے سفید پھولوں کے درمیان ایک ہیرا جگمگا رہا تھا ۔ اتنی تیز روشنی ان ہیروں سے پھوٹ رہی تھی کہ شہزادے کی نظریں چندھیا گئیں ۔ اور اس نے گھبرا کر اپنی آنکھیں بند کر لیں۔ اور ابھی اس نے دوبارہ اپنی آنکھیں کھولی بھی نہ تھیں کہ یکبارگی ایک بڑا سا سفید ہاتھی حوض میں سے نمودار ہوا ۔ اور اس نے اپنی سونڈ میں شہزادے کو بھر لیا ۔ اور پھر وہ حوض میں غوطہ لگا گیا ۔ شہزادہ تڑپ بھی نہ سکا کہ اس کی آنکھ ایک ایسی جگہ کھُلی جہاں گہرے سناٹے کے علاوہ اور کچھ بھی نہ تھا ۔

اُس نے اپنے آپ کو ایک ریگستان میں تنِ تنہا کھڑا ہوا پایا ۔ پیاس سے اس کی زبان خشک ہوئی جا رہی تھی ۔ اور اُس کے حلق میں کانٹے سے چُبھ رہے تھے ۔ وہ بے چین ہو کر اپنے دونوں ہاتھوں سے اپنا گلا سہلانے لگا ۔

دُور ہواؤں میں چیلیں اُڑ رہی تھیں۔ اور ریگستانی گدھ اس کے سر پر منڈلا رہے تھے۔ اور یہ دیکھ کر اُسے اپنی موت کا یقین ہو گیا۔ اس کی آنکھوں میں آنسو آ گئے۔ اور اس کا دل موت کے خوف سے زور زور سے دھڑکنے لگا۔

"یا الٰہی ——— !" وہ بے اختیار ہو کر چیخا "میں کیسے طلسم میں پھنس گیا ہوں۔"

اور پھر اُسے اپنے ماں باپ یاد آنے لگے۔ اور وہ زار و قطار رونے لگا وہ اُسی جگہ تھک کر گرم گرم اور جلتی ہوئی ریت پر بیٹھ گیا۔ اور اپنی موت کا انتظار کرنے لگا۔ ریگستانی گدھ اس کے سر پر بہت قریب منڈلا رہے تھے۔

ایک گدھ نے اس کے اوپر زور سے جھپٹا مارا۔ اور اس نے گھبرا کر اس کی دونوں ٹانگیں پکڑ لیں۔ اور گدھ اسے لے کر ہوا میں اُڑ گیا۔ اور اب یہ شہزادے کے لئے نئی مصیبت تھی۔ ڈر کے مارے

اس کا بُرا حال تھا۔ وہ بڑی مضبوطی کے ساتھ گدھ کی دونوں ٹانگیں پکڑے ہوئے تھا۔ اور گدھ اسے دُور اوپر آسمان کی طرف اُڑائے لئے چلا جا رہا تھا۔

شہزادے نے نیچے دیکھا تو اس کے اوسان خطا ہو گئے۔ وہ زمین سے اتنا اونچا اُڑ رہا تھا کہ نیچے کی زمین اُسے ایک خواب سی دکھائی دے رہی تھی اور جب اس نے اوپر نگاہ کی تو اسے چاند اور ستارے پہاڑوں کے اتنے اتنے دکھائی دینے لگے۔ اس نے مارے خوف کے اپنی آنکھیں بند کر لیں۔

"یہ کون ہے؟"

"بے حد خوب صورت ہے۔"

"نہ جانے کس جہان سے آیا ہے۔"

"اتنا خوب صورت نوجوان ہم نے آج تک نہیں دیکھا۔"

"بے چارا بے ہوش ہو گیا ہے۔"

"کہیں مر تو نہیں گیا؟"

یہ آوازیں، ہلکی ہلکی شہزادے کے کانوں سے ٹکرا رہی تھیں۔ اور مارے خوف، ڈر، کمزوری اور نقاہت کے اس کی آنکھیں بند تھیں کہ یکبارگی اس کی آنکھیں کھُل گئیں۔ اور اُسے ہوش میں آتا ہوا دیکھ کر خوب صورت لڑکیوں کا ایک گروہ ہلکی ہلکی چیخوں کے ساتھ غائب ہو گیا۔

شہزادے نے ان لڑکیوں کی ایک جھلک دیکھ لی تھی۔ اور اب وہ خوب اچھّی طرح ہوش میں آچکا تھا۔ وہ اُٹھ کر بیٹھ گیا۔ اس نے اپنے گردو پیش نظر ڈالی۔

وہ ایک ندی کے کنارے دھوبیوں کے گھاٹ کے پاس ایک پتّھر پر تھا۔ وہ اُٹھا۔ اور چلنے لگا۔

گھاٹ کے نزدیک ہی اُسے کانوں کا ایک بُندہ ملا۔ اتنا حسین بُندہ کہ وہ اسے دیکھ کر بغیر اٹھائے نہ رہ سکا۔ اور پھر اسی جگہ اسے بالوں کا ایک گچھّا ملا۔ بال ملائم تھے اور سونے کے تھے۔ اس نے بالوں کے اس گچھّے

کو بھی اُٹھا کر اپنی جیب میں رکھ لیا۔

اور اب جو وہ آگے بڑھا تو اسے یہ جان کر بڑی خوشی ہوئی کہ وہ اپنی ہی مملکت میں ہے۔ اور اب یہ جگہ اسے جانی پہچانی نظر آئی۔

اور پھر وہ صحیح سلامت ساتھ خیریت کے اپنے محل پہنچ گیا۔

دوسرے دن صبح جب شہزادہ سو کر اٹھا تو وہ بہت چُپ چُپ سا تھا۔ اور اُداس تھا۔ ایسا معلوم ہو رہا تھا کہ جیسے وہ رات بھر سو نہیں سکا۔

اور اس کی یہ حالت دیکھ کر اس کی ماں نے اس سے پوچھا۔

"کیا ہوا بیٹے ؟ خیریت !" اس کی ماں نے اس کی پیشانی ٹٹولی۔ "تمہارا چہرہ اتنا اترا ہوا کیوں ہے ؟"

شہزادہ چپ رہا۔ اور اس کی اس خاموشی پر اس کی ماں اور بے چین ہو گئی۔ اور وہ بڑی بے تابی کے ساتھ بولی "کچھ تو بولو میرے لال میں تمہاری خوشی کے لئے ساری دنیا خرید سکتی ہوں۔"

"میرے سر میں درد ہے۔" شہزادہ بولا "رات بھر مجھے نیند نہیں آئی۔"

"میں ابھی حکیموں کو بلواتی ہوں۔" اور یہ کہہ کر ملکہ نے کنیزوں کو حکم دیا کہ وہ ابھی اور اسی وقت شاہی حکیموں کو حاضر ہونے کا حکم دیں۔

"کل تم شکار پر گئے تھے۔"

"گیا تھا ——" شہزادہ بولا۔ "اور وہیں سے ایک درد مول لے آیا ہوں۔"

"کیا مطلب ہے؟"

اور جواب میں شہزادے نے وہ بُندہ اور وہ سونے کے بالوں کا گُچھا دکھایا اور کہا کہ جس لڑکی کے بھی یہ بال ہیں۔ میں اُسی لڑکی سے شادی کروں گا۔

"یہ سب کچھ تمہیں کہاں سے ملا۔" ملکہ نے پوچھا۔

"کہیں سے بھی ملا ہو۔" شہزادہ ٹھنک کر بولا۔" آپ اس لڑکی کو تلاش کروائیے۔ یہی لڑکی میری دلہن بنے گی۔" وہ اور زیادہ زور دے کر

بولا " اور اگر اس لڑکی سے میری شادی نہ ہوئی تو میں زہر کھا کر مر جاؤں گا"

" مریں تمہارے دشمن " ملکہ بیٹے کی اس بات پر تڑپ گئی " اگر یہ لڑکی کوہ قاف کی پری بھی ہو گی تب بھی میں اسے تمہاری دلہن بنا کر ہی چین لوں گی "

اور ماں کی اس بات پر شہزادہ مسکرا اُٹھا۔ اور بولا۔

" تو پھر حکیموں کو نہ بلاؤ ماں۔ میں بالکل بھلا چنگا ہوں۔ مجھے کوئی بیماری نہیں ہے "

" میں ابھی سے اس لڑکی کی تلاش شروع کراتی ہوں " ملکہ شہزادے کی بلائیں لے کر بولی " تم اگر چاہو تو میں تمہارے لئے آسمان کے تارے بھی توڑ کر لا دوں "

" ماں ——— !" شہزادہ اپنی ماں سے لپٹ گیا " تم کتنی اچھی ماں ہو ہماری "

اور پھر شہزادے نے مونہہ ہاتھ دھویا۔ اور خوشی خوشی ناشتہ کرنے

بیٹھ گیا۔

دُور دُور سارے جہان اور ساری دنیا میں عورتیں بھیجی گئیں اور آدمی بھیجے گئے تاکہ وہ یہ پتہ چلائیں کہ وہ کون خوش نصیب لڑکی ہے جس کے سر کے بال سونے کے ہیں۔

بادشاہ نے اعلان کیا کہ جو شخص یہ پتہ چلائے گا اسے مونہہ مانگا انعام دیا جائے گا۔ اور اسے اتنی دولت دی جائے گی کہ وہ سو پشت تک بیٹھ کر کھاتا رہے۔

اور آنِ واحد میں ہر جگہ اور ہر خطّے میں اس لڑکی کی تلاش ہونے لگی جس کے بال سونے کے ہیں۔

بادشاہ نے اعلان کیا کہ وہ اپنی ہونے والی بہو کو ہیرے اور جواہرات میں تولے گا۔ اور اس کے قدموں پر ستارے نچھاور کرے گا۔

ایک سال تک سارے جہان میں تلاش ہوتی رہی مگر ہزار کوشش

کے بعد بھی ایسی لڑکی کسی کو نہ مل سکی جس کے کہ سر کے بال سونے کے ہوں اور ادھر شہزادے ٹائیجون کی حالت غیر ہونے لگی۔ جیسے جیسے اس لڑکی کی تلاش میں ناکامی ہوتی جا رہی تھی۔ ویسے ویسے اس کی حالت خراب ہوتی جا رہی تھی۔

اور اب وہ بیمار رہنے لگا تھا۔ اور اس کی بیماری سے شاہی محل میں صفِ ماتم بچھ گئی تھی۔ ملکہ کی حالت خراب ہو گئی تھی۔ اسے دن رات اپنے بیٹے کی فکر تھی۔ اور یہی حالت بادشاہ کی بھی تھی کہ ایک دن بادشاہ کے وزیر نے کہا۔

"عالی جاہ! اگر جان کی اماں پاؤں تو ایک بات عرض کروں۔"

"ضرور، ضرور۔" بادشاہ نے اسے اس کی جان کی امان دے دی۔

"تم جو کچھ کہنا چاہتے ہو وہ شوق سے کہو۔"

"ساری دنیا میں ایسی کوئی لڑکی نہیں ہے، جس کے سر کے بال سونے کے ہوں۔ البتہ ——"

اور وہ البتہ کے بعد رُک گیا۔ اور اسے اس طرح رکتا ہوا دیکھ کر بادشاہ بولا ——

"کہو، کہو، تم کہتے کہتے رُک کیوں گئے"۔

"عالی جاہ، گستاخی معاف"۔ وزیر بولا"۔ یہ تو وہی مثل ہوگئی کہ بغل میں لڑکا اور شہر بھر میں ڈھنڈورا"۔

"کیا مطلب ——" بادشاہ نے پوچھا۔

"مطلب یہ حضور والا"۔ وزیر بولا"۔ کہ خود شہزادی ٹنگ لنگ کے بال سونے کے ہیں۔ اور وہی وہ واحد لڑکی ہیں سارے جہان میں جنہیں خدا نے یہ شرف بخشا ہے"۔

اور یہ سُن کر بادشاہ یکبارگی خوش ہوگیا اور اس نے وزیر کے مونہہ کو موتیوں سے بھر دیا۔ اور پھر اس نے سرِ دربار یہ اعلان کر دیا کہ شہزادی ٹنگ لنگ کی شادی وہ اپنے لاڈلے اور سب سے زیادہ دلارے شہزادے ٹائیجون سے کر دے گا۔

"مگر یہ قطعاً ناممکن سی بات ہے"۔ ملکہ شون چون نے جو کہ دراصل شہزادی ٹنگ لنگ کی ماں تھیں ۔ اس شادی پر اعتراض کرتے ہوئے کہا کہ شہزادی ٹنگ لنگ شہزادہ ٹائیچون کی بہن ہے ۔ اور اس لئے یہ شادی قطعاً نہیں ہو سکتی

ملکہ شون چون بادشاہ کی دوسری ملکہ تھیں اور ٹنگ لنگ بادشاہ کی اپنی بیٹی تھی ۔

"بھلا یہ بھی کہیں ہوا ہے"۔ ملکہ شون چون بولیں "کہ ایک بھائی اپنی بہن سے شادی کرے"۔

"کیوں نہیں"۔ بادشاہ نے اس اعتراض کے جواب میں چیں بہ جبیں ہو کر کہا۔ "مصر میں ہمیشہ یہ ہوتا رہا ہے کہ بھائی کی شادی بہن سے ہوتی رہی ہے"

"مگر ـــــــــ"

بادشاہ نے ملکہ کی بات کاٹی "قدیم مصر میں یہ رواج عام تھا ـــــــــ"

اور پھر وہ فیصلہ کن انداز میں بولا "یہ شادی ضرور ہوگی ۔ اور میں اپنے

لاڈلے بیٹے کی خاطر اپنی حقیقی بیٹی کی شادی اس سے کردوں گا۔ اور یہ بات میری اپنی مرضی پر منحصر ہے ۔ اور میں اپنی مرضی کا مختار ہوں ۔ سارے جہان میں کوئی ایسا نہیں ہے جو میری اس مرضی کے آڑے آسکے۔ اعتراض کرنے والے کو میں شکاری کتّوں سے زندہ نچواڈالوں گا۔ اور پھر شہزادی ٹنگ لنگ تو شہزادہ ٹایئجون کی حقیقی بہن بھی نہیں ہے ۔ اور اگر وہ حقیقی بہن بھی اس کی ہوتی جب بھی میرا فیصلہ یہی ہوتا۔ جواب ہے۔اور قدیم مصر میں تو حقیقی بھائی بہن کی شادی کا رواج عام تھا۔ اور یہ رواج صرف شاہوں کے یہاں تھا۔عوام کو یہ سعادت کبھی حاصل نہیں تھی ——"

اور پھر اس شادی کی تیّاریاں بڑے دھوم دھام سے ہونے لگیں ۔ اور اس سلسلے میں اعتراض کرنے والوں کو بادشاہ نے سچ مچ کتّوں سے نچواڈالا۔ اور اس ظلم کا شکار ہونے والوں میں شہزادی ٹنگ لنگ کا سگا بھائی بھی تھا اور اس کی ماں بھی تھی ۔ جسے بادشاہ نے اپنی مرضی کے آڑے آتا ہوا دیکھ کر ختم کرا دیا تھا۔

شہزادہ ٹائیچون دن بدن رو بصحت ہو رہا تھا اور اس کی ماں کی مارے خوشی کے باچھیں کھلی جا رہی تھیں کہ شادی کا مبارک دن آپہنچا۔ اور عین اس وقت جب کہ شہزادی ٹنگ لنگ کو دلہن بنانے کی تیاریاں مکمل ہو چکی تھیں۔ شہزادی کہیں غائب ہو گئی۔

بہت تلاش ہوئی اور اسے ہر چہار طرف ڈھونڈا جانے لگا تو معلوم ہوا کہ وہ اپنے محل کے باغ میں اس صندل کے درخت پر چھپی بیٹھی ہوئی ہے جو اس باغ میں سب سے اونچا اور سب سے پرانا تھا۔

اور پھر اُسے صندل کے اس درخت پر سے اُتارنے کی کوششیں ہونے لگیں۔ سب سے پہلے شہزادی کی ملازمہ آئی جس نے اُسے گود دوں کھلایا تھا۔

وہ درخت کے نیچے آکر کھڑی ہو گئی اور اس نے شہزادی کو اپنی طرف گا کر مخاطب کیا ـــــ وہ کہہ رہی تھی ـــــ "اُتر وری اُتر و میری چنداسی بیٹی، میری روپاسی بیٹی لگن کے بڑے دھرے کُمہلائیں۔"

وہ بار بار یہ الفاظ دہراتی رہی۔ اور شہزادی کو درخت سے نیچے اُتارنے کی کوشش کرتی رہی مگر وہ نہ اُتری۔

اور پھر شہزادی کی بہن آئی۔ اور اس نے بھی آکر کہا ــــــ "اُتر وری اُترو، میری چنداسی بہنا، میری روپاسی بہنا، میری سوناسی بہنا لگن کے بیڑے دھرے کُھلائیں۔"

اور اس کے جواب میں شہزادی نے گلوگیر آواز میں گا کر کہا:

"پہلے تو تھیں تم بہنا ہماری، تم آپا ہماری، اب نند کیوں کر کہیں گے، گھونگھٹ کیوں کر کریں گے۔"

اور پھر اُس نے بڑے سوز کے ساتھ روتے ہوئے گا کر صندل کے اس درخت کو جس پر کہ وہ بیٹھی تھی مخاطب کیا ــــــ "بڑھ، بڑھ رے چندن پیڑا، تم بن ہم لاج مریں گے۔" (یعنی یہ کہ اے صندل کے درخت تو اور بڑھ جا ورنہ تیرے بغیر ہماری عزّت لُٹ جائے گی) اور اس کے مونہہ سے یہ الفاظ سُن کر وہ صندل کا درخت اور اُونچا ہو گیا۔

پھر شہزادی کا سوتیلا بھائی آیا۔ اور اس نے بھی آکر یہی الفاظ دہرائے۔
"اُتر دری اُترد، میری چنداسی بہنا، میری روپاسی بہنا، میری سوناسی بہنا، لگن کے بڑے دھرے کھلائیں۔"
یعنی یہ کہ تم درخت پر سے جلدی سے نیچے اُتر آؤ۔ شادی کا شگن جارہا ہے۔ اور لگن کے بڑے کھلائے جارہے ہیں۔
شہزادی نے رو کر پھر کہا——

"پہلے تو تھے تم بیرن ہمارے، تم بھیا ہمارے، تم بھائی ہمارے
اب دیور کیوں کر کہیں گے، گھونگھٹ کیوں کر کریں گے،
بڑھ، بڑھ رے چندن پیڑا۔ تم بن ہم لاج مریں گے"

چندن اور بڑھ گیا——
اور پھر شہزادی کی سوتیلی ماں یعنی ٹاپیجون شہزادے کی ماں خود آئی۔ اور اس نے بھی آکر یہی کہا——"اُتر دری اُترد، میری چنداسی بیٹی، میری روپاسی بیٹی، میری سوناسی بیٹی لگن کے بڑے دھرے کھلائیں۔"

اور اس بار شہزادی نے اور رقّت کے ساتھ کہا

پہلے تو تھیں تم اماں ہماری ، تم اماں ہماری
اب ساسو کیوں کر کہیں گے، گھونگھٹ کیوں کر کریں گے
بڑھ ، بڑھ رے چندن پیڑا۔ تم بن ہم لاج مریں گے

چندن اور بڑھ گیا۔

اور پھر بادشاہ خود آیا اور اس نے بھی یہی الفاظ کہے اور شہزادی نے یہی کہا کہ پہلے تو تم ہمارے باپ تھے مگر اب ہم تمہیں سُسر کیوں کر کہیں گے۔ اور تم سے گھونگھٹ کس طرح کریں گے ۔ اور اس نے چندن کے اس درخت سے درخواست کی کہ وہ اور اونچا ہو جائے اور وہ اور اونچا ہو گیا۔

اور پھر سب سے آخر میں خود ٹا ئیگرن شہزادہ آیا۔ اور جب اس نے شہزادی سے نیچے اُترنے کو کہا تو وہ نفرت سے زمین پر تھوک کر دانت پیستے ہوئے بولی

پہلے تو تھے تم بھیا ہمارے ،تم بیرن ہمارے ،تم بھائی ہمارے

اب دشمن کیوں کر کہیں گے، نفرت کیوں کر کریں گے
بڑھ، بڑھ رے، چندن پیڑ اس سے ہم دور رہیں گے

اور اس بار وہ صندل کا درخت بیچ سے پھٹ گیا۔ اور معصوم شہزادی ٹنگ لنگ اس میں سما گئی۔

اور پھر سارے جہان پر اندھیرا چھا گیا اور ایک ایسی خوفناک سُرخ رنگ کی آندھی اُٹھی کہ خدا کی پناہ۔ آسمان سے خون برسنے لگا۔ اور ہر چہار طرف سے خوفناک آوازیں سنائی دینے لگیں۔ مارے ڈر اور خوف کے انسانوں کے کلیجے باہر کو آگئے۔

اور پھر بادشاہ کا تخت بیچ سے پھٹ گیا اور اس کے ٹکڑے ہو گئے اور اس کا پورا محل ہوا میں اُڑ گیا۔

ایک گرج دار آواز سنائی دی۔

”اس بے رحم اور ذلیل بادشاہ کو ہمارے سامنے پیش کرو۔“

اور پھر لوگوں نے اپنی آنکھوں سے دیکھا کہ آسمان سے ایک تخت آکر اُترا

اور اس پر سے ایک نہایت ہی خوب صورت اور بہادر نوجوان نیچے آیا۔ کئی عجیب وغریب قسم کے دیو ہیکل انسان بادشاہ کو پکڑ کر اس نوجوان کے سامنے لائے۔ اور اسے لاکر اس نوجوان کے قدموں میں گرا دیا۔

"کیوں بے ذلیل انسان" وہ نوجوان زور سے گرجا" تو نے کیا سمجھ کر ہماری ہونے والی بیوی کو اس کے کمینے بھائی کے ساتھ بیاہ دینے کی ٹھانی تھی"

اور کچھ لمحہ بعد کئی آدمی شہزادہ ٹائیجون کو بھی پکڑ کر لے آئے۔

"کیوں، تجھے اپنی بہن کے ساتھ شادی کرتے ہوئے شرم نہیں آئی"

"کچھ بھی ہو، آپ میرے ابّا کو معاف کر دیجیئے"

ایک خوب صورت ڈولا ہوا میں اُڑتا ہوا آیا۔ اور شہزادی ٹنگ لنگ نے اس میں سے باہر آتے ہوئے کہا۔

"میں اپنے باپ کو اپنے سامنے مرتا ہوا نہیں دیکھ سکتی"

"اور اس نابکار کے بارے میں تمہاری کیا رائے ہے؟"

اس نوجوان نے شہزادے ٹائیجون کی طرف دیکھ کر شہزادی سے پوچھا۔

"اسے شکاری کتّوں سے نُچوا دیجئے۔جس طرح کہ اس کی وجہ سے میری ماں اور میرے بھائی شکاری کتّوں سے نُچوائے گئے تھے۔"

اور پھر آنِ واحد میں شکاری کتّوں نے شہزادے ٹائیجون کو نوچ ڈالا۔اور اسے چیختے چلّاتے ہوئے دیکھ کر شہزادی دانت پیس کر بولی۔

"بہن کو بُری نیت سے دیکھنے کا انجام اس سے بھی زیادہ عبرت ناک اور بھیانک ہونا چاہیئے تھا۔"

"اب اس کا کیا کریں۔" اس نوجوان نے شہزادی سے اس کے باپ کے بارے میں پوچھا۔

"جو آپ مناسب سمجھیئے۔" شہزادی بولی "صرف جان کی امان دید یجیئے۔"

"یہ آج سے در در کی بھیک مانگے گا۔" اس نوجوان نے جو کہ دراصل جن شہزادہ تھا حکم سُنایا۔

اور پھر یہ دونوں اپنے تخت پر اُڑ کر چلے گئے۔اور لوگوں نے چین کے

عظیم الشان شہنشاہ کو برسہا برس تک در در کی خاک چھانتے اور بھیک مانگتے ہوئے اپنی آنکھوں سے دیکھا ــــــ چین کی حکومت شہزادی ٹنگ لنگ نے وہاں کے عوام کے ہاتھوں میں سونپ دی تھی۔
آخرش کئی سال کے بعد چین کا مغرور شہنشاہ در در کی بھیک مانگنے کے بعد مر گیا۔ اور یہ کہانی رہتی دنیا تک کے لئے امر ہو گئی۔ تاکہ لوگ اسے سنیں اور عبرت حاصل کریں۔

بچوں کا ایک اور دلچسپ ناولٹ

اجنبی بہادر

مصنف : عزیز احمد

بین الاقوامی ایڈیشن جلد منظر عام پر آرہا ہے